박연미 동시집

달의 뒷문으로 가서

아동문예

달의 뒷문으로 초대하는 글

호주머니 속에서 비밀 편지를 꺼내 좋아하는 친구의 손바닥에 살그머니 올려놓는 마음으로 첫 동시집을 내어놓습니다.

마음이 두근거리기도 하고 부끄럽기도 해서 동시집을 준비하는 내내 이상폭염에 툴툴거리며 떨리는 마음을 여름 뒤에 자꾸 숨겼습니다.

「달의 뒷문으로 가서」는 제 등단작이기도 해서 더 애정이 갑니다.

시를 공부하며 위로가 필요했던 어느 날 달이, 아버지가 잠시 다녀가셨지요.

동시는 어린 시절 넘어져 상처 난 무릎에 발랐던 빨간 약처럼 어딘가 비어있는 마음 한 귀퉁이를 잘 보듬어 주리라 생각합니다.

「멸치」라는 동시에, 멸치는 때론 햇살 한 줄기, 가끔은 내리는 소나기

한 줄인 줄 알지만, 누가 물고기라 불러주지 않아도 바다에 사니 자기는 물고기라고 하지요. 저는 동시를 읽는 아이들이 반짝반짝 자신만의 색깔로 빛나는 당당한 사람으로 자라길 응원합니다.

　제 동시를 함께 읽어주고 동시와 이야기 나누며 그림을 그려준 진해 아트인의 멋진 화가들과 배수빈 선생님께 진심을 다해 감사함을 전합니다.

　달의 뒷문으로 가서 좋아하는 사람과 까르르 웃는 상상을 합니다.
　달의 뒷문으로 초대합니다.
　언제라도 환하게 웃으며 맞이하겠습니다.

바다와 벚꽃의 도시에서 ·박연미

제 **2** 부

초록 지구별 속에 태양

제 **3** 부

너만 놀랐니? 나도 놀랐어

제 4 부

달의 뒷문으로 가서

제1부 지퍼 같은 문 열어줘

나는 콩 · 새 학기 · 내가 맞아 · 비의 놀이터 · 새 신발
공이 꿈틀꿈틀 · 나란히 나란히 · 내 꿈 · 연두는 천국의 아이
안경 · 코끼리 · 귤 · 엄마 · 바다의 엉덩이

나는 콩

햇볕 뜨거운 콩밭에서 태어나보니
이게 뭐야
콩깍지 속에서 몸이 근질근질
작은 방에 나란히 쌍둥이 같은 콩이
일곱이나 누워있는 걸 상상해 봐
가끔 바람이 놀러와 쑤욱 눌러보고 쌩 가고
햇볕은 우리를 유리창처럼 비춰보고는
나오려면 아직 멀었어 하고 놀려

나갈거야
지퍼 같은 문 열어줘

세상 밖으로 나가고 싶어서
껍질을 툭,툭 발로 찼더니
나보다 조금 더 큰 형이
콩만한 게 까불고 있어

좀 여물 때까지 기다려
혼날 때마다 눈물이 진짜 콩알처럼 떨어졌어
연두 콩깍지 속에서 몸부림치고 있으니
여치가 꽉 깨물어
아 미안해 내 친구인 줄 알았어
여치에게 안경이나 써
소리 지르고 싶었지만
콩 껍질 밖으로 소리가 나가질 않아

하얀 콩꽃이 쓰다듬어 주지만 내 몸은 삐뚤빼뚤
열 밤쯤 자면 나는 로켓처럼 툭 터져 나갈거야
형들보다 제일 밑에 있는 내가 제일 먼저 나갈거야
햇볕 받고
별빛 받고
열흘 밤 자고 드디어
나는 살포시 톡

제일 먼저 떨어졌어
나는 콩이야
데구르르 쿵 콩콩콩

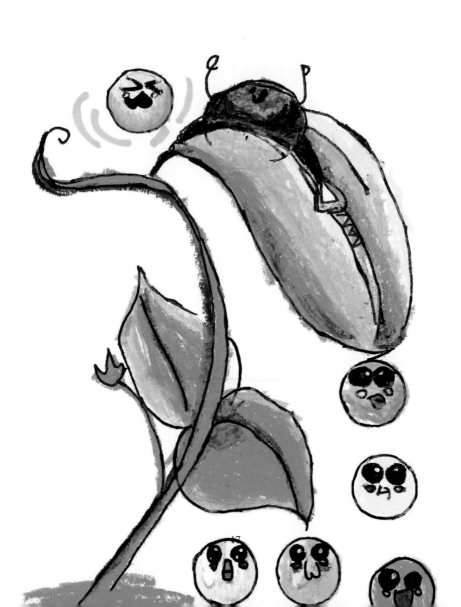

새 학기

영이와 현이가 다투다가
선생님께 딱 걸렸다
둘은 일주일 동안 존댓말 쓰세요~~
둘에게 내린 무시무시한 숙제다

님이 먼저 욕하셨잖아요
아니, 님이 어제 급식 때 놀렸잖아요
깍두기 못 먹는 아기라고
아니, 님은 제 얼굴이 공룡 같다면서요
영이와 현이는
일주일째 존댓말 중이다
님은, 님은,
친구가 되는 중이다

내가 맞아

목련꽃 위
참새 두 마리

넌 왜 부리로
하얀 종을 치고 있니

아니야
나는 하늘에서 떨어진
별을 물고 있어

비의 놀이터

따닥따닥
공중에서 활을 쏘고
구름 뒤에 숨어요
톡 톡 땅에 닿는 소리에
지렁이
몸을 둥글게 말아요
아냐 아냐 같이 놀자!

구름에서 쿵 떨어져
손 내민 키 큰 나뭇가지에 앉아
대롱대롱 놀아요
초록 지붕 위에서 미끄럼 타다가
모여봐, 같이 놀자
다 모여봐
하늘의 얘기 궁금하지 않아?
나무 그네 타고
한바탕 놀고 있는
비의 놀이터

새 신발

신발 가게에 들어갔다
노란 원피스에 어울리는
노란 구두 사고 싶은데
엄마는 쪼그리고 앉아
파란색 운동화를 내 발에 끼운다

한 치수 큰 거 주세요
이상하게 내 발에 딱 맞으면
엄마에게는 작은 신발이다

엄마, 나 운동화 말고 구두 사도 돼?

안돼, 구두는 무슨 구두 ___
운동화가 편하고 제일이야

아저씨, 파란 운동화 주세요

내 발이 자라는 것을 미리 알고 있는 엄마
내 마음에 불이 나는 것은
왜 모르고 있지?

공이 꿈틀꿈틀

동생이 놀려서
살짝 한 대 때렸다
엄마는 불같이
내게만 폭발한다
내 목에서는
공이 부풀어 오른다
안에서 둥글둥글
굴리기만 할 뿐
목 밖으로 나오지 못해

공을 뻥 차고
엄마처럼 폭발하고 싶다
그럼 더 큰 불덩이가
나를 삼킬지 몰라
그래서 화가 난 공은
내 목 안에서 빙글빙글
입 밖으로 나오지 않아

나란히 나란히

친구와 나란히 걸으면
발들이 왈츠 춤 추듯
딱딱 박자가 맞아

친구와 나란히 걸으면
이야기하는 목소리가
노래처럼 기분 좋게 들려
가끔은 휘파람 소리까지 들려

친구와 나란히 걷다
골목에서 안녕하고
각자 집으로 가는 길
꼭 친구와 나란히 걷는 듯
마음은 나란히 나란히

내 꿈

큰 배는 많은 선원이 필요하대
그래서 내 꿈은 조각배 선장
멀리 북극으로 가서 그린란드 고래를 태우는거야
북극이 춥다고?
걱정마 그린란드 고래는
인디언 판초같은 두꺼운 옷을 입고 있어
따뜻한 담요를 나무가 푸른 잎 입듯 입고 있어
그래서 조각배에 타고 북극해로 갈거야
고래를 태우고 북극해를 날아갈 듯 다녀올거야
물론 여행이 끝나면
우리는 서로 인사할거야
그때는 꿈속에서 고래가 나를 살짝 태워 다 줄거야

나는 가끔 고래를 만나러 가는 조각배 선장

연두는 천국의 아이

연두가 걸어와요
연두 연두하며
초록보다 어린 연두가
다가오면
바람은 연두 바람으로
바라보는 눈빛
어린 연두가 되어
조심조심
나뭇결을 따라
가지 끝을 따라 올라가요
나무와 나무 사이
하늘길이 보여요

연두와 연두 사이
봄과 여름 사이
연두는 천국의 아이
초록으로 자라나요

안경

날아오는 축구공에
안경이 날아갔다
순간
나는 고장난 자전거처럼
비틀비틀
겨우 다리가 비뚤어진
금이 간 안경을 찾아 쓰고
찌그러진 마음으로
집으로 왔다
안경 하나에
내 세상이 고장이 났다

코끼리

사과를 말아먹는 코끼리에게
풍선껌을 던져 주어요
코끼리 코로 부는 풍선껌은
개미에겐 출렁거리는 지구예요
앗, 지진이야
개미들이 후다닥 허리를 꺾어
이리 기우뚱 저리 기우뚱
바람 빠지듯
풍선껌 푸시식 푸시식
휴 다행이야
지진이 멈추었다고
땀을 닦는 개미들

미안해진 코끼리

긴 코로 개미들의 놀이터 만들어줘요

개미들은 반쯤 먹은 사과로 파티를 해요

귤

두근두근대는 마음
숨기느라 빨개지지 못하고
주황빛이 되었어

쿵쿵 마음을 숨기느라
꽉 쥐었더니 동그라미 안에
작은 빗금이 생겨
조각 조각이 되었어

네게 폴짝폴짝 가고 싶은
마음 숨기지 못해
새콤한 귤 하나로
온 세상을 가득 채웠지

작은 향기만으로
날 기억해줄 거지
너는,

엄마

엄마!
내 친구 송이 엄마 이름이 왜 엄마야?

송이 엄마는 이 세상에서 송이를 제일 사랑하니까

그럼 민수 엄마는
이 세상에서 민수를 제일 사랑해서 민수 엄마야?

그럼 이 세상에는 그래서 엄마가 엄청 많아

가끔 엄마도 엄마가 필요하지

바다의 엉덩이

하루종일
이리저리
하늘 위 구름을 따라
숨바꼭질하던 바다가
옆 친구에게 속삭여
우리 손잡을래?
그래 좋아
엄마 바다 등 뒤에 놀던
아가 바다들
우르르 손잡고
뜀박질하면
엉덩이가 덩실덩실
야, 파도가 몰려와 찰싹찰싹

깜박 졸던 엄마 바다
아가 바다를 따라 뛰니까

엄마 엉덩이 들썩들썩
큰 파도가 몰려와 철썩철썩

파도는 바다들이 쿵짝쿵짝
손잡고 뛰는 바다의 엉덩이

구름까지 덩달아
엉덩이가 들썩들썩
파아란 하늘
파아란 바다
조용히 바쁜 한낮

제2부 초록 지구별 속에 태양

수박 소개하기 대회

초록 지구별 속에
태양이 자라고 있어
붉은 태양이야
굉장하지?

초록 치마 속에
빨간 사과 품은
백설 공주는 어때
수박 먹는 백설 공주
굉장하지?

초록과 빨강이
서로 내가 먼저라고 다툴 때
엄마 같은 하얀 속살이 속삭여
너희는 가족이야
굉장하지?

개기일식

달이 태양을 완전히
껴안은 날이야
지구별에서는 이런 날
결혼식을 하거나
영원한 사랑을 얘기해
달, 태양, 지구
엄마, 아빠, 나
바람, 구름, 새
나무, 햇살, 그네
서로를 안아 준다는 건
약속이야
무엇을 약속했는지는
서로의 비밀이야

엄마가 웃었어

엄마 차 타고 가는데
바람이 살짝 춤출 때
벚꽃잎들이 차창에
달라붙었어
꼭 내 뺨에 벚꽃잎이
붙은 것 같아
뺨을 만지다가
창문을 스르륵 내렸어
벚꽃잎이
와르르 차 안으로 쏟아져
내 뺨에
머리에
코에 붙었어
어서 창문 닫아라는
엄마의 말에
나는 대답 대신 벚꽃잎을

엄마 손등에 붙였어
엄마가 웃었어
우리가 벚꽃이네
봄이 분홍분홍 웃었어

싫어

밥 먹어
싫어
그럼 먹지 마
싫어

아가는 독립운동 중
싫어 싫어

여름 산

앗 뜨거워!
초록 머리카락을
늘어뜨리고 꾸벅 졸아요
뜨거울수록 초록은 더 짙어지고
두 팔을 늘어뜨리고
햇볕에 여름이 익어가요
헝클어진 긴 머리카락
솔솔 부는 바람이 빗어줘요
바람은 여름을 잠시 쉬게 하고
길가 옥수수는 긴 수염을 휘날려요
새들, 풀들, 그 풀에 누운 벌레들
무럭무럭 자라는 시간
여름 산이 내려다보고 있어요

낮잠

할머니 낮잠 주무시다 웃으신다
배시시 배시시
강가에서 헤엄치듯
두 발을 뻗었다 오므렸다
일어나셔서 맛나게 옥수수 드신다
내가 어렸을 때 강가에서
옥수수 먹고 하모니카 불었어
할머니는 꿈을 꾸시고 더 어려지셨다

56

나는 낮잠 자다가 웃는다
키득 키득
결혼식장에서 하얀 드레스 입고
저기 왕자님이 나에게 손을 흔든다
자다가 두 팔을 흔든다
잠이 깨서 나는 언제 크지?
쪼르르 거울 앞에 서서 발뒤꿈치를 든다
나는 꿈을 꾸고 한 뼘 더 자랐다

돌멩이

많고 많은 돌멩이
나는 작은 아이
날 잊어버린 파도에게
나는 가끔
따각띠각
소리를 보내

많고 많은 돌멩이
그중에 작은 나를
쿡쿡 찌르며 올라오는 칠게들
모래 묻은 발들이
까칠해
앗 따가워
파도가 그 소리 듣고
달려와

돌멩이는 환해지며

다시 맨들맨들

예빈이

넌 고향이 어디야
고향?
할머니 집을 이야기하는 건가?
예빈이 고개가 갸우뚱해요
아니 네가 태어나고 사란 곳
아~~ 진해예요

진해는 뭐가 유명하니

똘망똘망
진해는요 벚꽃이에요
제가 태어난 사월이 되면
하늘은 연분홍이고요
바람은 벚꽃 바람이고요
땅바닥은 벚꽃길
온 천지가 벚꽃 나라예요

할머니 손 잡고 가는 경화시장
과일 장수 아저씨 머리에 벚꽃이 후르륵
김이 모락모락 옥수수 벚꽃이 먼저 맛 봐요
강아지도 벚꽃 강아지
우리도 사월은 벚꽃 사람이에요

망치가 꽝꽝

친구가 손수건을 줬다
예쁜 꽃무늬 손수건
꼭 가지고 있어
너만 모자처럼 쓰고 다녀
니만 땀 닦을 때 써
너만, 너만⋯⋯
이상하게 친구의 말소리가 작아지고
얼굴만 발개졌다

그런데 나는 친구가 준
꽃무늬 손수건을
다른 친구에게 빌려주었어
그 친구가 땀을 많이 흘렸거든

그 모습을 보고
나에게 손수건을 준 친구가 뛰어와서

마음에 망치가 꽝꽝했다는데
나는 무슨 말인지
잘 모르겠어

해질녘 음악

서늘한 하늘 위로
새 떼가 기울어져
왼쪽으로 포도동

구름다리 만나니까
위쪽으로 두 둥

구름다리 지나
오른쪽으로 딩동댕

빨개진 악보 위로
새 떼와
구름과 바람이 함께 푸두둥

아싸, 비 온다

하늘을 힐끗
비가 내릴 것 같은 등굣길
일기예보에 비 온대
우산 챙겨가
출근 준비하느라
바쁜 엄마의 잔소리가
스르륵 귀 뒤로 숨는다
나는 못 들은 당나귀처럼
겅중겅중 학교로 가고
1교시 구름
3교시 먹구름
점심시간 후드득
비가 내리기 시작한다
내 마음에는 몽글몽글
신바람이 피어오르고

비가 오는 날

영이 엄마가 우산을 들고 기다리신다

현아 너두 같이

우산 쓰고 우리 집 가자, 부침개 해줄게

아싸, 비 오는 날

영이집 가는 날

키득키득 게임도 해야지

끙

끙
힘을 주다가
옆에 걸려 있던
두루마리 휴지가 툭 걸려
데구르르
화장실 바닥에 구른다
일어날 수가 없다
끙, 끙
바닥은 하얀 파도처럼
펼쳐지고 노란 심이 우뚝섰다
앗 내 몸 같다
먹고 끙
또 먹고 끙
먹고 슝 통과
또 먹고 통과
내 몸은 사라지는 마술통

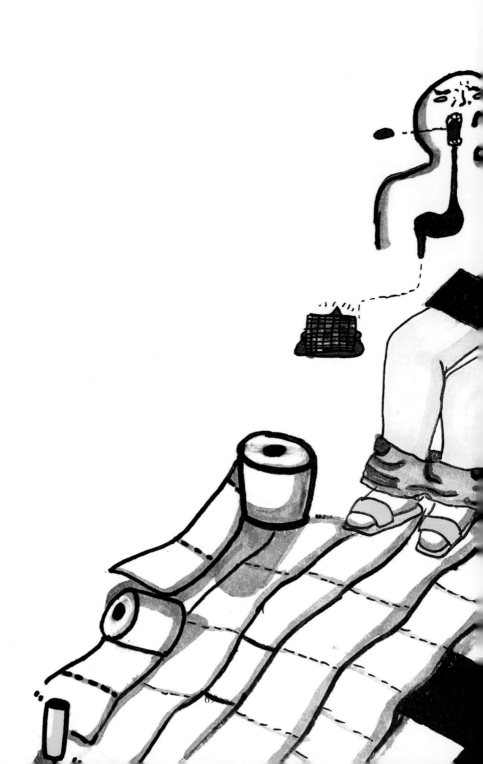

아침 읽는 소리

나무가
아침 햇살을 읽어요

바스락바스락
눈 부비며 소리 내 읽이요

바람이 따라 앉아
함께 아침 하늘을 읽어요

여기저기 아침 읽는 소리
빨리 밥 먹고 학교 가야지
엄마는 아이의 하루를 먼저 읽고
아이는 졸린 눈 부비며
엄마 품에
다시 쏙 들어가
하루를 충전할 사랑 읽어요

서로를 읽는 소리
하루하루 페이지가 넘어가는 소리

옆집 주비

주비는 예뻐요
나를 쳐다보는 눈이
가끔 반짝이는 별 같아요
하지만 나는 주비를 보면
주먹을 쥐어요
이건 다 엄마 때문이에요

주비는 바이올린 잘해
주비는 태권도 검은띠야
주비는 편식 안 한대
주비는 동생 잘 본대
주비는 인사를 얼마나 잘하는지
주비는, 주비는,

엄마!
그래서 어쩌라고요
나는 주비가 아니고
나는 현이라구요!

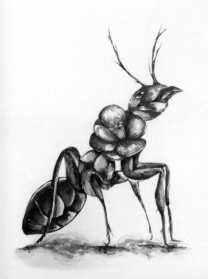

제**3**부 너만 놀랐니? 나도 놀랐어

너만 놀랐니? 나도 놀랐어

까마귀 두 마리 낮게 날다
아파트 화단에
떨어진 과자를 주워 먹어요
깜짝이야
솔이가 뒷걸음치며 소리쳤어요
까마귀 과자봉지 물고
후다닥 나뭇가지로 올라가며
깜짝이야

쨱쨱 참새들
햇살 아래 소풍 나왔는지
수국 아래 소복이 꽃처럼 모여있어요
깜짝이야
솔이가 참새를 모르고
지나가다 밟을까 봐 소리쳤어요
후다닥 화살보다 빠른 참새들

수국 머리 위로 날아올라 가며
깜짝이야
너만 놀랐니?
나도 놀랐어

코끼리 똥

사자가 코끼리 똥을
먹고 뒤집어쓰고 한대요

똥 얘기는 재미있지만
똥 말에는 냄새가 나요

사자는 코끼리 똥을 비비면

힘이 난다는데
바보 같아요

컴퓨터 게임을 한 시간
더하게 해 주거나
치킨을 먹어야
힘이 나는 걸 모르나 봐요

눈 빨간 개미

벌겋게 얼굴 붉힌
동백꽃 할아버지
노란 수염을 쓰다듬으며
어험 어험
개미 왕국에서 편지가 도착했네!

꽃잎을 팔랑거리며
가지가지마다 앉은 동백들이
귀를 쫑긋해요
우리가 너무 붉어
너무 많은 해가 떴다고
밤새도록 붉은 해가 지지 않아
일개미들이 쉬지 않고 일해서
몸살 중이래요

어이 쿵 그럼 이만
가지에서 톡 톡 떨어진
동백꽃 개구쟁이들
개미집 문을 두드립니다
여기까지 해가 떴어
개미집에서 잠자던 일개미
동백 꽃잎에 눈부셔서 눈이 발개졌네요

숨바꼭질

꼭꼭 숨어라
꼭꼭 숨어라
꽃샘추위 뒤 숨은 봄
찾아다니느라
봄바람은
기운 빠진 개업 집 풍선 같아
봄아 어디 있니?

따스한 숨 몰아쉬며
살금살금 도망 다니는 봄

잔뜩 웅크린 꽃잎 속에서
나 찾아 봐라

씨앗 속에
수염 난 뿌리 사이에서
간질간질

옆집 이모 뱃속에서
꼼지락꼼지락
새봄 같은 아기가 숨어 있어요
찾았다!
그 아기 이름이 봄이래요

동물원에 가면 모두 거울이 됩니다

우르르 원숭이 앞으로 몰려가서
얼굴 똑같이 찡그리고
두 팔 똑같이 따라 흔들어요

우르르 기린 앞으로
몰려가서
목을 쭉 빼고 나무 꼭대기에
키가 닿으려 팔짝팔짝 뛰어요

호랑이, 타조는
우리를 쳐다보고 찡긋찡긋
우리는 까불까불 으쓱으쓱 따라 합니다

꽃, 나무, 바람,
우리를 보고 있어요
가만히 들여다보면

꽃, 나무, 바람,
눈을 동그랗게 뜨고 있어요

여름 소나기

학교 마치고
학원 갈 때까지
놀이터 나무 의자에
가방을 던져 놓고
신나게 놀고 있는데
갑자기 탕 타다닥
소나기가 내린다
나는 꼼짝없이 여름 속에 풍덩
소나기 속에 빠진다
가만히 손을 뻗어 만진다

햇살에 들어있는 빗물이
아이스크림처럼 녹는다
놀이터 옆 나무에
참새들이 우르르
나는 잠시 나무 밑으로 후다닥
나무에 참새
나무에 여름
나무에 친구
그 옆에 웃고 있는
소나기가 만들어 준 그림 한 장

민들레

신호등 앞
보도블록 사이
노란 민들레가 피었다
아기 안은 이모가
파란불인데
고개를 숙이고
무릎을 낮추고
민들레 사진을 찍는다
찰칵
노오란 마음이 웃는다

사람들이
민들레를 보며 둘러 서 있다
마음의 울타리 안에
민들레가 피어있다

학원 다녀와
늦게 식탁에서 저녁 먹는
나를 앞에서 옆에서
지켜보는 엄마 아빠 같다

정글짐 술래잡기

놀이터에 벌써 땀이 삐질삐질
약속 안 했는데
친구들이 여섯이나 모였다
눈 한번 찡긋하고
가위바위보로 술래를 정하고
술래는 눈썹이 눈을 꼭 덮어야한다

위험하지 않아?
지나가던 참새가 물어보니
아냐
밑에 모래가 있잖아
그래서 넘어져도 돼
밑에서 모래가 으쓱
그럼 내가 있지

세상에 모래가 많으면 좋겠다

91

내 기분

오늘은 아빠랑 낚시하러 가는 파란색이야
내 기분이 소리치면
어느새 파란 바다 위에 출렁거리며
낚싯배에 올라타 있는
내가 보여요

오늘은 소풍 가는 초록색이야
드르륵 창문 열고
아침 햇살 내 기분이 속삭이면
키 큰 나무가 초록 가지들을
늘어뜨리고 나를 안아줘요

오늘은 하얀색이 되고 싶어
내 기분이 하늘을 올려다보면
구름 가족들이
내 기분에 흰 수염을 선물해요

매일 새 기분을 기다려요

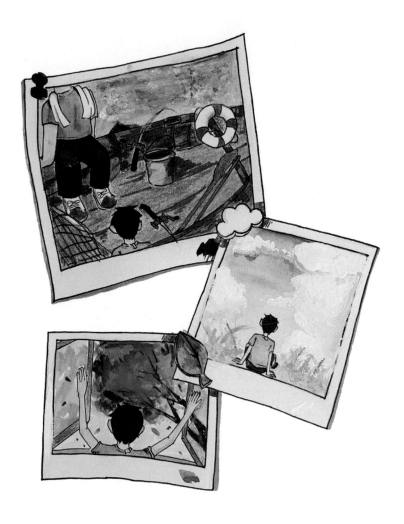

엘리베이터

7층 사는 세 살 슬기는
자기만 한 가방을 메고 어린이집에 간다.
내가 학교 가는 시간이랑
꼭 맞아 10층에서 내려가면
아침마다 엘리베이터에서 만난다
나는 안녕하고 쳐다보지만
슬기는 한 번도 인사 안 하고
엄마 뒤로 간다
슬기 엄마가 대신 안녕해준다
슬기는 매일 나를 힐끔 본다
내가 보면 고개 돌리고
내가 안 보면 슬쩍 보고
슬기는 내가
좋을까 무서울까
궁금하다

배트맨

아빠가 가마솥에서 튀겼다는 옛날 통닭을 사 왔다
내가 운동장에서 축구공 맞고 뻗은 것처럼
큰 대 자로 누워있다
툭툭 건드려도 꼼짝하지 않는다
아빠는 다리 두 개를 쭉 찢어
엄마 하나 아빠 하나
날개 두 개를 쭉 찢어
나 하나 동생 하나
나는 다리 먹고 싶은데
날개 먹고 훨훨 날아가라니
그냥 날개를 꼭꼭 씹어 먹는다
배트맨은 날개를 먹었을까?
궁금해진다

구름의 꼬리

하루 종일
하늘을 비행하는
새는 어떻게 잘까요?

부드러운 구름 꼬리 당겨
새들이 밤새 잠을 자요
자다가 이불 차는 찬영이
구름이불이 없다고 투덜거려요

가끔 새들이 자다가 발을 차요
까맣게 흘러내린 꼬리 당겨
툭 건드리니 쫘악 소나기 한줄기

주황 솜사탕 꼬리 당기니
금세 밤하늘이 되어요
구름의 꼬리

목에 감고 부비는 별들
별들과 새들은 함께
하늘에 꼭꼭 발자국을 남겨요

멸치

바다 한가운데를
떠다닐 때
내가 물고기인 줄 몰라
때론 햇살 한줄기
가끔은
내리는 소나기 한 줄
이리저리 출렁일 때
나는 바다의 빛에 나를 비추어봐
바다에 사니 물고기인데
나를 물고기라 부르지 않아
나는 멸치
그냥 잔 멸치
나는 바다에 사니 물고기
누가 물고기라 불러주지 않지만
나는 물고기

제4부 달의 뒷문으로 가서

달의 뒷문으로 가서

토끼가 방아 찧는 모습 보인다고
엄마가 얘기한 다음부터
자주 달을 올려다 보아요
오빠가 아니라고 말을 하지만
늘 달이 따라와서
도망치며 달려보아요
토끼의 털이 내 목덜미
살살 간지러움 태워요

쉿, 누가 보지 않는다면
살짝 달의 뒷문으로 가서
똑똑 노크하고
토끼를 불러 볼 거예요

어릴 때 우리를 떠나신 아빠가
초승달에 기대어 나를 본다고
엄마가 얘기한 다음부터
달을 올려다 볼 때가 많아요
오빠가 넘어진다 앞을 보라 하지만
일부러 눈을 감고 걸어보아요
까칠한 아빠의 턱수염이
달빛으로 내 뺨 살살 간지러움 태워요

쉿, 누가 보지 않는다면
살짝 달의 뒷문으로 가서
똑똑 노크하고
아빠를 기다려 볼 거예요

할머니의 나비

우리 할머니
가족 기도하러 가는 날

할머니 등을 따라
소원 나비 같이 간다
키가 크고 싶은 내 소원은
어느 나비일까
내 욕심이 자꾸 나비를 만드네
할머니와 나비는 하나 되어
법당 가득 날고 있는데

알로록 달로록

밥을 먹다가
시금치를 먹으면
시금치 접시가 내 앞에
계란말이를 먹으면
계란말이 접시가 내 앞에

내가 먹을 때마다
자꾸자꾸
웃는 할머니 때문에
내 마음이 알로록 달로록

툭 던져 놓은 놀이공
입에 물고 오고
또 던져 놓으면
또 힘껏 달려가
입에 물고 오고

소파 밑이든 식탁 밑이든
어디든지
자꾸만 자꾸만
공 물고 오는 강아지 때문에
내 마음이 알로록 달로록

개미떼

화단에 흙이
옆집 할아버지 배만큼
불룩 올라와 있어요
중간중간 큰 빨대로
꽂았다 뺀 듯
구멍이 숭숭
그 사이로 개미떼
왔다 갔다 아주 바빠요
현이는 개미가 자기 발등에
오르는지 모르고
쪼그리고 앉아
개미떼를 보고 있어요
어디서 물고 왔는지
말라버린 지렁이를
줄다리기 밧줄처럼
나란히 서서 당기고 있어요
개미는 혼자서 못하지만
개미떼는 같이 못 할 게 없나 봐요

거꾸로 시계

누룽지 밥 드시고 졸고
홍시 하나 숟가락으로 퍼다 졸고
할머니 시계는 종종 멈추어요

진달래꽃 활짝 피어
봄 시계 똑딱똑딱

소나기 무지개를 끌어다가
여름 시계 똑딱똑딱

은행나무 노란 몸 부르르 떨며
가을 시계 똑딱똑딱

아이의 가장 소중한 친구
눈사람 겨울을 똑딱똑딱 알려 주지만
할머니 시간은 자주 깜박깜박
멈추어요

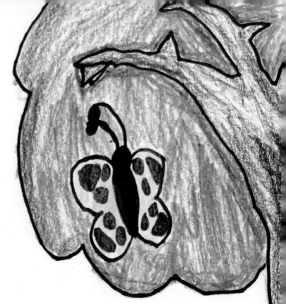

세상이 잠시 멈추면 어때요?
할머니 시계가 천천히 천천히
가끔은 거꾸로 가면 좋겠어요

113

엄마가 가끔

넌 나의 우주야 라고 말하면
나는 우주가 아니고 사람이야 라고
입을 삐죽이지만
나는 알아요
엄마는 설레는 봄보다
푸른 산보다
노란 은행나무보다
수평선 드넓은 겨울 바다보다
나를 더 좋아한다는 걸요
하지만 나에게
엄마는 우주보다 더 크답니다
이건 비밀이예요
말하는 순간
엄만 나만 보면
진짜야? 진짜야? 하고 괴롭힐 거거든요

비행기

공원에서 신나게 숨바꼭질하던
아기 개미들
노란 종이비행기를 발견합니다
애들아,
여기 비행기가 있어!
차례차례 종이비행기에 올라탄
아기 개미들 비행 놀이를 합니다
승객 여러분
안전띠가 없으니 서로의
손을 꼭 잡아 주세요
그때 바람이 휙 불어와
종이비행기가 날아오릅니다
야호~~
잠시 뒤 곤두박질쳤지만
아기 개미들 서로 쳐다보며
깔깔 웃어요

이번 여행은 재미있었어
한참을 걸어 엄마 개미들이 있는
개미집을 향해 줄지어 갑니다

조율

여기 서도 돼?
응
그럼 나도 여기 설까?
아니 조금 뒤에 서면 좋겠어
레 친구가 미 친구에게
살짝 뛰어 가 웃어요
여기는 어때?
응 좋아
차례차례
파, 솔, 라, 시
다시 키 큰 도 친구까지
우리는 가까이
또 알맞은 거리 두기
예쁜 화음이 함께 웃어요
도, 레, 미, 파, 솔, 라, 시, 도
도, 시, 라, 솔, 파, 미, 레, 도.

무당벌레 운동회

노란 수선화가
무당벌레를 보고
내 손등에
한 번만 놀러와

나는 스무 번 넘게
무당벌레를 부르다가
그만 지쳐서 졸았어

간질간질 눈을 떠보니
너는 나의 손등 발등
온몸에서
친구들과 운동회 중

학교 다녀오겠습니다

돌아서는 내 뒤로
졸졸 따라오는 말

차 조심해
밥 꼭꼭 씹어 먹고
친구들과 사이좋게 지내고
선생님 말씀 잘 듣고

따라오는 잔소리
꼬리를 자르고
후다닥 달아난다

능소화

여름이 걸어 다니는 골목
능소화가 주황빛 춤을 추고
나는 그 밑 황토흙에
작은 돌멩이로
그림을 그렸다 발로 지운다

내 입에 귤을 까주던 할머니
수북한 귤 껍질이 다닥다닥
능소화 잎이다
꽃잎 모아 할머니 얼굴 퍼즐처럼 맞춘다
금세 새콤한 바람

능소화 꽃잎 그려진 꽃신 신으며
외출하신 할머니 언제쯤 오실까

미소 띤 능소화 한 송이
그 아래 또 능소화
그 아래 또 작은 능소화

할머니
그 무릎에 아빠
그 무릎에 대롱대롱 매달린
나는 아기 능소화

할머니 품 같은
능소화의 여름
밑 밑그림 위에 소복소복

머릿속 스위치

내 머릿속은 엉망진창
공부하려고 책을 펴면
재미있는 게임 생각이
두더지처럼 책 속으로 들어와

내 머릿속에 스위치가 있다면
딱 꺼버릴 텐데

내 머릿속은 이상해
책 읽을 때 두 페이지 넘어가기도 전에
누가 머릿속에 마법 가루를
뿌린 것처럼 흐릿해져

눈꺼풀이 따라 눕고
어느새 침 흘리며
책상에 엎드려 자고 있어

내 머릿속에 스위치가 있다면
몰려오는 잠 귀신을 내쫓을 텐데

구름세탁소

해가 떠 있는 날
희고 뿌연 날이 있어요
손을 뻗어 공기를 쓱 만지면
까끌까끌하거나 또 노랗거나
그때는 하늘에 있는
구름세탁소를 불러요

세탁소 큰 손님은
팽나무 할아버지
내 수염이 너무 더러워졌어
세탁소 예쁜 손님은
높은 빌딩 큰 유리창 언니
늘 자기모습 세상에 뽐내느라 눈부신데
조금만 얼룩져도 울상이예요

세탁소 막내 손님은
받아쓰기 시험 망친 현이

기분이 꿀꿀거린다고
마음을 씻고 싶대요

오늘 구름세탁소는
시원하게 부릉부릉
가게 문을 열고
필요한 곳에 쏴 쏴
오늘 여기저기
바쁩니다

| 그림 그린 아이들 |

한국동시문학

달의 뒷문으로 가서

초판 1쇄 발행 · 2024년 11월 1일

지은이 · 박연미

그린이 · 진해 아트인

펴낸이 · 박옥주

펴낸곳 · 아동문예

등록일 · 1987년 12월 26일

주   소 · (우)01446 서울특별시 도봉구 도봉로 109길 78

전   화 · 02-995-0071~3, 02-995-1177

팩   스 · 02-904-0071

이메일 · adongmun@naver.com/ joo415@hanmail.net

홈페이지 · www.adongmun.co.kr

편집디자인 · 아동문예

ISBN 979-11-5913-445-6   73810

가격 13,000원

＊이 책은 🏛경남문화예술진흥원의 문화예술지원을 보조받아 발간 되었습니다.